Eine Sommerschlacht

Novelle

Detlev Freiherr von Liliencron

Am Kamin, den Becher in der Hand, läßt sich's gut erzählen. Mein Freund plauderte:

Wenn ich in meiner Kinderzeit auf Jahrmärkten in Rundgemälde-Hallen geführt wurde, in denen Gefechtsansichten, in Brand geschossene Städte, brennende Brücken, ganze Schlachten abgebildet waren, konnte ich vor springender Erregung nicht einschlafen. Die Eindrücke hafteten so stark in mir, daß ich alles andere darüber vergaß. Meine Eltern verhinderten aus diesem Grunde auf Jahre hinaus den Besuch solcher Schaustellungen.

Die Kondottieri, der Räuberhauptmann, das Korsarenschiff, der Wilddieb, die Raubritter, der Strandlauerer, alles das hatte für meine glühende Knabenphantasie einen besonderen Reiz. Und wer weiß, was aus mir geworden wäre, hätte meine Mutter nicht unablässig abgelenkt und mich eingeführt in die Bücher der Geschichte. Die eben genannten ehrenwerten Herren mußten Platz machen, und Leonidas, Alexander, Cäsar, der große Kurfürst, Friedrich der Große, Napoleon, Blücher und wie sie hießen, traten an ihre Stelle. Ungezügelte Freude doch konnte ich nicht verhehlen, wenn ich von Dörnberg las, von Schill und Colomb. Ein Parteigänger zu werden, meinem Vaterlande, wenn es unter tausend Wunden stöhnen würde wie ein gebunden Tier, durch kühne Wagnisse Stützen zu geben, der Wunsch hat mich nie verlassen.

Ich wurde natürlich Soldat; und bin es leidenschaftlich bis heute. Besonders hat mir das Zigeunerleben in den Kriegen gefallen. Und ich wüßte auch nicht einen Tag, ja, nicht einen einzigen Tag, wenn wir im Felde standen, daß ich mich zurückgesehnt hätte zu Frieden und Ruhe. Der alte Knabenjubel an den Taten der Kondottieri und Landsknechtsführer war doch nicht ganz in mir verhallt.

Aber du wolltest von meiner Feuertaufe hören:

Ich war eben Offizier geworden. Wir lagen gegen Ende Juni 1866 in der schönen Provinz Schlesien seit etwa vierzehn Tagen auf einem Schlosse, das einem alten Edelfräulein gehörte. Mit vaterlandsliebendem Herzen trug sie die große Last der Einquartierung; mit gleicher Sorgfalt wachte sie, daß wir siebenundzwanzig Offiziere es so gut wie denkbar hatten, als auch, daß es jedem Füsilier, jedem Dragoner an dem nicht fehlen möchte, was ihnen nach anstrengendem Dienste das Leben auf ihrem Gute angenehm machen könnte. Sie war persönlich unermüdlich.

Eines Tages beim Mittagessen – die Regimentsmusik hatte eben im Garten den Hohenfriedeberger, den prächtigen Schlachtenzünder und Siegentflammer beendet – erhob sie sich und hielt folgenden Trinkspruch:

Meine Herren!

In jeder Minute erwarten wir den Krieg. Sie ziehen ihm entgegen. Den Segen Gottes flehe ich nicht auf Sie herab, denn der Herr verhüllt sein Antlitz mit dem breiten Ärmel, oder wohl besser: Er kann des kleinlichen Menschengezänkes nicht achten. Und wenn auch: Tausende in unserer Heimat, Tausende des Feindes erbitten von ihm den Sieg. Wem denn soll sich Gott wenden?

(Eine kleine Pause entstand; ich bemerkte einen herben Zug an ihren Lippen. Wir Offiziere schauten ein wenig verwundert ins Glas; andere sahen sich stumm fragend an.)

Aber Stahl und Eisen wünsch' ich in Ihre Arme gegossen. Möchten Sie Ihren Frauen und Kindern, möchten Sie allen denen, die Sie lieben, zurückkehren. Doch soll's nicht sein, nun, meine Herren, dann sterben Sie den beneidenswertesten Tod, den Tod fürs Vaterland. Ihnen allen voran zieht der König. Begeistert werden Sie nach der Schlacht ihn umringen und ihm die teuern, tapfern Hände küssen. Das Vaterland sieht auf Sie!

Es lebe der König!

Sie stand wie eine Seherin. Dann hob sie das Sektglas und trank es aus mit einem Zuge. Lautlose Stille folgte, und schon wollten wir sie umdrängen, mit ihr anzustoßen: schon wollten wir, stehend, das alte, schöne Königs- und Vaterlandslied anstimmen, als eine der Flügeltüren aufgerissen wurde. Ein stark bestaubter Ulan trat ein, sah sich kurz im Kreise um und schritt dann lebhaft zum Divisionsgeneral. Vor ihm in strammer Haltung stehen bleibend, überreichte er mit der Rechten in schnellem Schwung ein großes versiegeltes Schreiben: »Eurer Exzellenz sofort eigenhändig abzugeben.« Der General, nach leichter Verbeugung zu seiner Nachbarin, unserer alten Wirtin, erbrach es. Schweigen des Todes.

Dann sah er aus der Zuschrift auf und sagte: »Meine Herren, der Krieg ist erklärt.«

Und wieder geschah's, daß nicht sofort bei uns Offizieren der Jubel ausbrechen konnte. Die Nachricht, stündlich erwartet, war doch zu überwältigend.

Nur ein junger Dragonerleutnant, der vielleicht sein Champagnerglas etwas zu häufig hatte den Weg machen lassen zwischen Tisch und Zunge, rief laut: »Na, denn man druff wie Blücher!« Ein strenger Blick seines Regimentskommandeurs traf ihn; dann wandte dieser seine Augen ein wenig ängstlich auf den General. Doch die Exzellenz nahm das Wort lustig auf und wiederholte:»Ja, meine Herren, denn man druff wie Blücher!«

In hoher Erregung schlugen unsere Soldatenherzen.

Auf dem Hofe traf ich gleich darauf den alten Sergeanten Cziczan von meiner Kompagnie. »Nun, wissen Sie schon, der Krieg ist erklärt.« »Zu Befell, Herr Leitnant, ich freue mir.«

Dem alten Sergeanten Cziczan war ich sehr gewogen. Hatten jemals die altpreußische Treue, das altpreußische: »Über alles geht die Pflicht« eine Verkörperung in einem Menschen gefunden, so war's bei Cziczan. Mit zwei gewaltigen oberen Vorderzähnen – die anderen Beißer und Zermalmer fehlten ihm wohl schon – gezeichnet, machte sein Gesicht den ewigen Eindruck, als hätte er die Schwindsucht im höchsten Grade. Aber es gab keinen gesunderen, zäheren Mann als ihn.

Ich eilte zu meinen Leuten. Beim Eintritt in die Scheune sah ich zurück. Mein alter Sergeant las eifrig im »kleinen Waldersee« , den er in jeder Lebenslage mit sich führte. Und jedenfalls ruhte sein Auge in diesem Augenblick auf der Stelle:

Im Gefecht erprobt sich erst der echte Soldat; im Kugelregen und vor der Spitze feindlicher Bajonette muß es sich zeigen, ob er die erste und unentbehrlichste Eigenschaft des Kriegers, Mut und Unerschrockenheit, besitzt.

Schon nach einer Stunde waren wir auf dem Marsche an die Grenze. Es wollte zuerst keine rechte »Stimmung« aufkommen. Zu gewaltig in uns allen drängte sich der Gedanke: wir sind im Kriege. Aber dann, als der volle Mond unseren Helmen und Gewehren seinen beruhigenden Glanz lieh, als wir auf den Bergen die Fanale brennen sahen, begann bald hier, bald dort ein leises Gespräch mit dem Nebenmann; bald hier, bald da, wie aus Träumen, wollte der Gesang anheben. Und endlich tönte eins der schwermütigen, wie mit finsterer Stirn gesungenen Lieder meiner Westfalen. Und dann, nun dann wechselten die alten, lieben, lustigen Soldatengesänge.

Vor der Kompagnie ritt schweigend unser Hauptmann. Alle, wir Offiziere nicht zum wenigsten, waren ihm schwärmerisch zugetan. Es gab kein schöneres Soldatengesicht. Wie ihm der dicke, lange Schnurrbart vom Winde an die gebräunten Backen geweht wurde, wie klug sein Auge schaute. Er sprach nicht viel; ein gleichmäßiger, darf ich sagen stillheiterer Ernst verließ ihn nie. Von der nackten Wirklichkeit des Seins tief durchdrungen, fand er seine Ruhe, sein Glück in strengster Pflichterfüllung, in rastlosem Sorgen für das Wohl seiner Mitmenschen und im besonderen seiner Kompagnie.

Und munter, nach dem ersten Rendezvous, marschierten wir in die Nacht hinein. Der Schritt kam uns heute schneller vor. War es das gute Fieber im Soldaten, vom Höchstkommandierenden bis zum Tambour, an den Feind zu kommen?

Ich unterhielt mich mit Cziczan. Wir schlossen die Kompagnie. Er wie ich sahen heute zum erstenmal Tausende von Leuchtkäferchen in den Gebüschen. Zu all dem Nachtglanz wollten die Tierchen nicht zurückbleiben.

Plötzlich wurde Halt befohlen. Die Kompagnien marschierten auf. Wachen und Posten wurden ausgestellt. Feldwachen und Patrouillen gingen ins Vorland. Das Bataillon biwakierte. Holz und Stroh kam nicht heran. Wir lagen, von unseren Mänteln zugedeckt, in einem Walde. Es war warm. Einmal erwachte ich: ich sah, wie mein Hauptmann, an einen Baum gelehnt, in den Mond schaute. Seine Augen blickten schwermütig und traurig. Nie hatte ich ihn so gesehen. Bald sanken meine Lider wieder, um sich gegen Mitternacht noch einmal zu öffnen. Ich bemerkte, daß einer die Gewehrpyramiden umging. Der Posten schien es nicht zu sein. Es war Cziczan, der, den kleinen Waldersee in der Hand, leise fluchend, stille Wut im Gesicht, einige nicht ganz scharf ausgerichtete Gewehre ordnete. Zuweilen fiel der Mondschein auf die beiden blanken Vorderzähne. Bald schlief ich wieder fest . . .

Früh am anderen Morgen waren wir schon wieder unterwegs. Es wurde unerträglich heiß. Cziczan lief wie ein Schäferhund an den Seiten der Kompagnie, bald hier, bald dort. Unaufhörlich klang seine heisere, bellende, zischende Stimme: aufmunternd, scheltend, gute Worte, böse Worte gebend: wie's kam. Und heiß und heißer ward es. Der Durst, dieser furchtbarste Feind des Soldaten, quälte uns. Wir sahen wie Schornsteinfeger aus. Durch die dicke Staubkruste auf unseren Gesichtern bahnte sich der Schweiß Furchen und Rinnen; dann tröpfelte er auf Schultern, Brust und Nacken. Die Kragen waren schon durchnäßt. Gewehr und Tornister drückten schwer. Gesang und Gespräch waren längst verstummt. Jeder stierte nur mit starren Augen auf die Fersen seines Vordermannes.

Einmal marschierten wir wie durch die Wüste Sahara, soviel Sand ringsum. Da rief plötzlich durch die Stille ein Berliner, der in meiner Kompagnie diente: »Mir soll doch ejentlich verlangen, wenn det erste Kamel uns bejejent.« Alles lachte, um gleich wieder leise ächzend fortzumahlen.

Da blitzt uns ein Dorf entgegen. Kurzes Rendezvous. Einige Leute werden vorgeschickt, die Bauern mit Wasser an die Türen zu stellen. Dann kommen wir nach. Im langsamen Vorwärtsziehen trinkt rechts und links die Kompagnie. Greise, Kinder, Männer, Weiber: alles steht mit Töpfen, Geschirren, Schüsseln, Eimern vor den Häusern. Wie sehr ist in uns Menschen der Selbsterhaltungstrieb rege. Das hab' ich beim befriedigt werdenden Durst oft beobachtet. Jeder stürzt sich auf das nächste Wasser, reißt die Tasse, das Glas, den Kübel an sich. An den Lippen läuft, wie bei saufendem Vieh, wenn sie den Kopf aus dem Zuber heben, das Wasser hinab, auf Hals und Brust. Die Augen liegen stier, gierig, tierisch auf der kleinen Welle. Das Gesicht ist verzerrt.

Ah, wie hatte uns das wohlgetan.

Und wieder ging es weiter. Adjutanten und Ordonnanzen flogen bisweilen an uns vorbei nach vorn, oder kamen uns entgegen. Eine trabende Batterie überholte uns. Die Geschützrohre gaben jenen eigentümlichen, schütternden Klang. Ein kurzer Wechselgruß der Offiziere, und schon ist sie vor uns. Die Sektionen, die sich an den einen Wegrand gedrängt hatten während des Vorüberfahrens, ziehen sich wieder mehr auseinander. Die Pfeifen sind im Gang. Der säuerliche Geruch des Tabaks begleitet uns.

Endlich bogen wir in einen langen Hohlweg ein. Rechts und links drohen steile Felswände.

Es überkam mich ein etwas unheimliches Gefühl: wenn wir hier plötzlich von oben beschossen würden? »Was würden Sie tun, Cziczan, wenn von allen Seiten Schüsse auf uns fielen?« Der Sergeant will nach seinem Waldersee greifen, aber, wie beschämt, besinnt er sich eine Sekunde, läßt die Hand ruhen und antwortet: »Rechts und links um, in der Höhe, vorwärts, in der Höhe. Kuraschi, Leute, Kuraschi!« »Bravo! Cziczan, das wäre allerdings das einzig Richtige.«

Nachdem wir über eine halbe Stunde, immer im Paß, weitergezogen sind, sehen wir am Ausgange den kommandierenden General halten mit seinem Stabe. Er läßt Bataillon auf Bataillon, Batterie auf Batterie, Schwadron auf Schwadron an sich vorbeiziehen. Seine eisernen Augen bohren sich uns in die Eingeweide. Zuweilen macht sein Charakterkopf kurze, blitzartige Wendungen wie ein Vogelköpfchen. Streng und hart ist sein Gesicht. Ihm und dem neben ihm haltenden Chef des Stabes mochten die Herzen doch froher pochen: fast das ganze Armeekorps hatte den Paß durchzogen. Wir waren dem Feinde zuvorgekommen.

Nachdem ich, ich muß es gestehen: etwas scheu dem Kommandierenden vorüber bin, denk' ich: der hält fest, der läßt nicht los. Cziczan, die beiden Vorderzähne in die Unterlippe gedrückt, ist stramm mit Augen rechts an der Exzellenz weitergerückt. »Der forcht sich nit, der spuckt dem Feinde auf den Hut,« fiel mir's ein, als ich dem braven Sergeanten, der denn doch nachher auch eine kleine Erleichterung verspürte, auf das Beißgesicht sah.

Gegen Abend machten wir Halt auf einer Bergkuppe. Die Aussicht ist herrlich. Und deutlich vor uns liegt Böhmen.

Und nun ein emsig Biwakieren. Stroh und Holz sind noch nicht eingetroffen; es lag in der Unmöglichkeit, uns so rasch folgen zu können. Wir müssen uns wieder mit den Mänteln begnügen. Ich wurde mit einer Abteilung abgesandt, Baumstämmchen und Äste aus dem nächsten Gehölz zu holen. Bald sind wir wieder zurück. Die Feuer knistern, brennen. Die Mannschaften bretzeln und kochen. Der Vollmond geht auf, die Sterne funkeln: eine köstliche Biwaknacht! Wir sitzen um die flammenden Holzstöße; ab und zu weht uns der Rauch in die Nase. Glühwein wird getrunken.

Wir Offiziere vom Bataillon treffen viel zusammen. Das Gespräch handelt nur von morgen: eine Schlacht steht sicher in Aussicht. Und nun: da jagt ein Adjutant heran, hier steigt einer zu Pferde; da kommt unser Brigadegeneral im Schritt geritten. Die Hünengestalt hält ab und zu bei den Feuern. Er läßt einige Offiziere zu sich bitten. Er erzählt uns, was er verraten darf. Unablässig gehen starke Patrouillen ins Vorland, an die Grenze, über die Grenze. Cziczan liest eifrig, nachdem er über eine Stunde stillwütig wieder die Gewehr-Pyramiden in haarscharfe Richtung gebracht hat, im Waldersee: es ist der Abschnitt über den Dienst in Lagern.

O du lustig Biwak! Mit deinem Brenzelgeruch, mit deinem Gesumm. Dorther klingt ferner Postenruf, hier wiehert ein Pferd; bald rauscht irgendwo ein leise gehaltener Zornausbruch eines Hauptmanns, der seine Unteroffiziere um sich versammelt hat. Dazwischen: Rufen einzelner Namen, »dritte Korporalschaft antreten«, »sind die Wasserholer schon da?«, ein Gesang in der Ferne, plötzlich ein lautes Gelächter, hinter dem Rasenstück, wo man den Kopf zum Ruhen legte: ein unendlich langes, leise geführtes Gespräch zweier Freunde aus demselben Dorf, und stiller . . . stiller wird es, nur noch zuweilen ein Fluch, wenn ein Mann an den Beinen vom Feuer gezogen wird, der Posten stehen, Patrouille gehen soll . . . Schnarchen . . . Klirren und Zischen eines umstürzenden und ausfließenden Feldkessels. Und stiller . . . still . . .

Ich konnte nicht schlafen. Bald lag ich in den Furchen eines Kartoffelfeldes, bald über ihnen. Keine Lage gefiel. Der Tau sank stark herab; mich fror.

Ich erhob mich, wickelte mich fest in meinen Paletot und ging ans nächste Feuer. Im Kreise lagen die schnarchenden Mannschaften. Dicht am verglimmenden Holz, ab und zu ein frisches Scheit hineinwerfend, daß die Funken zum Himmel stoben, stand mein alter Sergeant Cziczan. Ich beobachtete ihn. Die rechte Hand, um sich zu wärmen, dem Feuer entgegenhaltend, hielt er in der Linken den Waldersee. Er las vor sich hin:

Unter Schleichpatrouillen versteht man diejenigen Patrouillen, welche von den Feldwachen auf weitere Entfernungen, d. h. bis auf etwa $1/8$ Meile, gegen den Feind vorgeschickt werden, um einen etwaigen Anmarsch desselben so früh als möglich zu entdecken, überhaupt aber, um Nachrichten über dessen Stellung und Bewegungen einzuziehen . . .

»Cziczan,« unterbrach ich ihn. »Zu Befell, Herr Leitnant.« Er hatte meine Stimme sofort erkannt. »Wir werden morgen ins Feuer kommen.« »Zu Befell, Herr Leitnant.« »Ich bin froh, daß ich Sie in meinem Zuge habe.« »Zu Befell, Herr Leitnant.« Ich trat zu ihm. »Haben Sie daran gedacht, daß wir fallen können?« »Zu Befell, Herr Leitnant, nein.« »Nun, das ist gut, wir Soldaten haben auch darüber nicht viel nachzudenken.« »Zu Befell, Herr Leitnant!«

Da fiel ein Schuß, in nicht zu weiter Entfernung; der erste! Gleich darauf knatterten mehrere. Cziczans Augen leuchteten wie die Lichter eines Luchses, und stark durch die Nase gezogen klang ein lautes: Ha. Die ganze Kompagnie kannte dieses Nasen-Ha, das von ihm ausgestoßen wurde, wenn er stark erregt war.

Im Biwak entstand Bewegung wie in einem gestörten Ameisenhaufen. »An die Gewehre!« . . . Ein Füsilier von einer Patrouille nahte in raschem Schritte, atemlos: »Wo ist der Herr Major? . . . wo ist . . .« »Hier!« rief ihm schon die tiefe Stimme des Bataillonskommandeurs entgegen.

Der Mann brachte uns die erste Kriegsmeldung.

Noch einmal wurden die Gewehre zusammengesetzt; es sollte, wenn noch angängig, der Kaffee gebraut werden. Erst wuschen wir uns in den Kochgeschirren, dann tranken wir aus denselben Behältern den stark mit Strohhalmen und Gras gemischten Mokka. Und er schmeckte uns nach der kalten Nacht vortrefflich.

Der Morgen war völlig angebrochen. Viele Füsiliere lagen noch an den alten Kochstellen und schrieben einige Worte an ihre Lieben daheim. Mancher zum letztenmal.

Dann hieß es: »An die Gewehre!« und »Aus der Mitte in Reihen« ging's auf die Landstraße. Rechts und links des Weges lagen gelöschte Wachtfeuer, öde und unbehaglich. Wir marschierten ohne Gesang.

Um sieben Uhr überschritten wir mit donnerndem Hurra die Grenze. Wir waren in Feindesland. Hart hinter ihr lag ein erschossener Österreicher. Er war bis an die Haare mit seinem Mantel bedeckt.

Es war der erste Tote.

Dann durchzogen wir ein böhmisches Städtchen und machten ein kurzes Rendezvous im Korn. Ein eigentümlich Gefühl, in das reifende Weizenfeld zu treten. Aber kein Platz war sonst zu finden. Und jede Schonung hat aufgehört. Den Teufel auch, jetzt gilt's. Du oder ich; mit äußerster Anspannung aller Kräfte. Das Friedensland mit seinen Satzungen und Gesetzen dämmert irgendwo weit, weit hinter uns.

Und wieder vorwärts! Die Sonne brannte wie in Innerafrika. Ein sengend heißer Tag stand uns bevor.

Kaum waren wir drei bis vier Minuten im Marsch, als die Riesengestalt des Brigadegenerals auf seinem gelben flandrischen Hengste uns entgegenraste. Sein Adjutant konnte kaum folgen. Von fern schon schrie er: »Linksum machen, die Österreicher sind da!« Und kurz vorm Bataillon brachte er mit mächtigem Ruck, sich tief im Sattel zurückbiegend, sein Pferd zum Stehen, um es augenblicklich wieder herumzureißen und, dem Gaul die Zinken einsetzend, in die Richtung gegen den Feind uns voran zu sprengen. Noch seh' ich die fliegenden Quasten der Schärpe.

»Linksum!« und wir steigen in »Kolonne nach der Mitte« die Anhöhe hinan. Der Schützenzug schwärmte aus. Schneidig ging er vor. Der Hauptmann ritt selbst mit. Ich führte das Soutien. Wir Offiziere zogen die Säbel (ich mit einem gewissen theatralischen Schwung) und ließen sie im gleißenden Sonnenlichte ihre Freude haben. Bald kam der Hauptmann zu uns zurück. Nichts war zu hören, nichts zu sehen.

Da ... b s s s s s s s s s t – b u m ! die erste Granate.

Sie flog weit über unsere Köpfe fort. Aber wir alle, ohne Ausnahme, hatten eine tiefe Verbeugung gemacht. Selbst der Hauptmann schien einen Augenblick die Mähne seines Pferdes mit den Lippen berühren zu wollen. Die zweite Granate flog über uns weg. Die Verbeugung war schon weniger tief.

Der Hauptmann, die Faust mit dem Säbel auf die Gruppe seines Pferdes setzend, sah uns lächelnd an. Aus seinen Augen strömte eine solche Ruhe, daß wir wie auf dem Exerzierplatz vorgingen.

Nun knallten die ersten Gewehrschüsse. Bald hatten wir ein Wäldchen erreicht und breiteten uns hier am andern Rande hinter den Bäumen aus. Tak, tak, tak, sagte es, tak, tak, tak–tak–taktak–taktaktaktak–taktak–tak–taktaktak . . . Wie in einem großen TelegraphenbUrean hörte sich's an. Es waren die feindlichen Kugeln, die mit diesem Geräusch in die Stämme schlugen, hinter denen wir standen. Wir konnten nichts vom Feinde sehen.

Zum Kuckuck, wo kommen die Schüsse her? Ah so, ja, ja! Von der Kirchhofsmauer uns gegenüber.

Da trifft die erste Kugel. Dicht neben mir sinkt einer meiner Füsiliere, mitten durch die Brust geschossen. Ich seh's vor mir: das Gewehr entfällt ihm, sein Mund öffnet sich weit, es ist wie ein krächzender Ton, die Augen werden ganz groß, dann bricht er, mit den Händen greifend, zusammen.

Und nun blieb mir wirklich nicht viel Zeit mehr, mich mit Toten und Verwundeten zu beschäftigen. Der Hauptmann rief mich, und wir sahen von einer dicken Buche aus mit unseren Krimstechern ins Gefecht. Das glänzte! Das blitzte, das funkelte! Ein weißes Regiment neben dem andern, vor und hintereinander, zog auf uns zu. Deutlich hörten wir hier, da, dort, rechts, links, fern, nah die Regimentsmusiken. Alle spielten den Radetzkimarsch.

Wir standen in der äußersten Avantgarde.

»Hier bleiben wir!« sagte der Hauptmann zu mir. »Zu Befehl, Herr Hauptmann,« antwortete ich ein wenig hastig. Er legt mir lächelnd die Hand auf die Schulter.

Plötzlich, in ausgreifendem Schritt, kommen zwei Pferde auf uns zu, zwischen uns und der Kirchhofsmauer. Der Brigadegeneral, mit einem Schuß durch den Unterleib, liegt in den Armen seines Adjutanten. Die feindlichen Jäger schießen wie toll auf die beiden. Aber sie kommen in unserem Wäldchen an. Der General, bewußtlos, wird weiter rückwärts getragen. Der kühne, schöne General. Vor einer Viertelstunde noch ein blendender Achill, strotzend vor Mut und Kampflust! und nun ein Häufchen Elend.

Der Feind kommt! Alle Wetter! Wir stehen ja ganz allein. Schon über eine Stunde halten wir das Wäldchen. Der Hauptmann geht mit einem Hornisten nach rechts, um sich die Lage anzusehen. Ich übernehme für den Augenblick das Kommando. Just krabbelt's und kribbelt's an der uns gegenüberliegenden Mauer herunter, und rechts und links von dieser brechen dicke Kolonnen auf uns ein. Ich ziehe im Laufschritt das Soutien an den Waldrand. Dann schrei' ich mit der Fistel:

»Rechts und links marschiert aus! Marsch! Marsch!« Dann, langgezogen: »Schnellster!«

Und die Hölle tut sich bei uns auf. Mit wundervollem Mut, mit prächtigem Vorwärts, weit die Offiziere voran, und wenn sie fallen, springen andere vor, so dringt's her gegen uns. Aber der Feind kann nichts machen gegen unser Blitzfeuer. Er *muß* zurück. Verwundete schwanken auf uns zu.

Da kommt der Hauptmann wieder. Er drückt mir die Hand. Und ein Funkelfeuer wirft sein Auge in mein Herz. Ich weiß, was er will: »Auf!« schreit er, und vorwärts, glühend er voran, mit Marsch, Marsch auf den Feind. Wir sind an der Mauer. Hinaus! Hinab! Mann gegen Mann. Ein langer österreichischer Jäger hebt mich am Kragen hoch und will mich wie einen Hasen abfangen. Aber: »Ha!« faucht es neben mir durch die Nase, und Cziczan »flutscht« ihm das aufgepflanzte Seitengewehr durch die Rippen. Einen Augenblick schau' ich mich um: der alte Sergeant steht neben mir. »Ha!« schnaubt er durch die Nase. Seine Augen rollen. Er ist der einzige, der auch in diesem Augenblick nicht einen Knopf, nicht den Kragen geöffnet hat.

Und Stoß auf Stoß und Schlag auf Schlag. Ein feindlicher Offizier zielt zwei Schritte vor mir auf mich mit seinem Revolver. Ich springe mit dem Degenknauf auf ihn zu. Bums! lieg' ich. Aber es war nicht gefährlich. »Ha,« hör' ich Cziczan, und der Offizier hat von ihm einen Schuß durch die Stirn. Ich bin schon wieder hoch. Meinen Hauptmann erblick' ich, von drei, vier Jägern angegriffen. Den einen würgt er, gegen den zweiten, der wütend mit dem Kolben auf ihn ein schlägt, hält er den Säbel hoch. »Cziczan, Cziczan,« ruf' ich heiser, »Cziczan, Cziczan! Der Hauptmann, der Hauptmann!« »Ha!« und wir springen wie wilde Katzen auf den Raub. Das war hohe Zeit.

Auf dem Kirchhof sieht's greulich aus. Der Feind, immer wieder unterstützt, wehrt sich verzweifelt. Auch wir haben Hilfe erhalten. Nach wie vor ist der Kirchhof umstritten.

Aus der offenen Tür der Kapelle quillt ein dicker schwarzer Qualm; er schlägt draußen nach oben zum Turm. Dieser steht in Flammen.

Grausig sieht's drinnen aus. Es wird gekämpft hier bis zum äußersten, fast um jeden Stuhl. Ein österreichischer Infanterist hat im Todesschmerz die halb herabgeschleuderte Madonna umfaßt. Er ist längst tot. Über und über sind er und das Muttergottesbild in Blut gebadet. Cziczan ist es gelungen, auf die Kanzel zu klettern. Von hier gibt er sicher Schuß auf Schuß in den Knäuel. Vom Altar sind Decke und Gefäße heruntergerissen; sie rollen hin und her zwischen den Kämpfenden. Die Orgelpfeifen, der Erbarmer, die Fenster, alles ist durchlöchert von Kugeln. Vergebens suche ich in die brennende Kirche zu kommen; sie muß endlich unser werden. Da gelingt's mir fast, aber schon bin ich im Strudel wieder draußen. Einer packt mich von hinten an der Schulter, eisern. Ich dreh' den Kopf. Ein graubärtiger Stabsoffizier, mit blutunterlaufnen Augen, will mich herunterreißen. Ich nehme alle Kraft zusammen, zerre mich los und drück' ihn auf ein kleines schiefes Kreuz. Er macht ein Gesicht wie eine scheußliche Maske . . . Schindeln fliegen vom Dach. Und im Pulverdampf, im Dunst, im Qualm ist nichts, nichts mehr zu sehen.

Einer meiner Rekruten vom vorigen Winter ist immer neben mir geblieben. Jetzt seh' ich ihn noch . . . wo . . . wo . . . alles Rauch, Flammen, Schaum, Wut . . . Da hör' ich durch all den Lärm seine gellende Stimme: »Herr Leutnant, Herr Leutnant! . . . Wo . . . wo bist du . . . Mehrkens, Mehrkens, wo bist du . . . Einer umklammert meine linke Hand, fest, schraubenartig. Ich beuge mich zu ihm. Es ist mein kleiner Rekrut, der mich hält. Ein Schuß von der Seite hat ihm beide Augen weggenommen. Aber schon lösen sich seine Hände. Die Finger lassen ab, werden starr, bleiben gekrümmt . . . und er sinkt in den Blutsee.

Der Kirchhof ist unser! Hurra! Hurra!

Den Hauptmann treff' ich auf der Mauer. Fast die ganze linke Seite seines Rockes fehlt. Das Hemd steht vorn auf. Seine breite Brust keucht in langen Zügen. Ich springe zu ihm hinauf. Sich mit der Rechten auf den Säbel stützend, ergreift er meine Hände mit der Linken. So stehen wir eine Minute, hoch auf der Mauer, schweigend. Und vor uns dampft es, und um uns, und überall. Funken, von der Kirche her, umtanzen uns, wie goldene Mücken. Mein linker Fuß ruht auf dem Nacken eines beim Übersteigen der Mauer erschossenen und hängengebliebenen Jägers. Und so stehen wir . . . schweigend . . . eine Minute . . . und Sieg und Sonne glüht auf unseren Gesichtern.

»Noch kein Feierabend,« sagt er still lächelnd, und mit: »Vorwärts! Vorwärts!« springt er hinab; ich mit ihm. Cziczan folgt: und alles hinterher, was noch Arme und Beine hat.

Und wieder weiter. Die Gewehrläufe sind zum Zerspringen heiß. Der Tambour schlägt unausgesetzt plum–bum, plum–bum, plum–bum, immer nach dem zufallenden ersten Schlag der nachfolgende einzelne. Ich geh' mit dem Hauptmann vor der Kompagnie. Plötzlich sehen wir im Feld einen Ziehbrunnen. Hin! Hin! Er ist umkränzt von Toten und Verwundeten; längst ist der Eimer verschwunden. Alles umzingelt ihn im Augenblick. Da schlägt (du Biest) eine Granate mitten in meine Leute. Sie reißt die halbe Einfassung mit; und einige kollern mit den Steinen in die Tiefe. Elf, zwölf Füsiliere hat sie erschlagen, die Eingeweide herausgehaspelt, Arme, Beine, Köpfe, große Fleischstücke hat sie sich geharkt.

Der Hauptmann läßt Avancieren blasen und ruft: »Nicht umsehen, nicht umsehen!« Der Tambour schlägt wieder: Plum–bum, plum–bum, plum–bum.

Vorwärts! Vorwärts!

Was ist das? Der Hauptmann steht. Den Säbel hält er steilhoch. »Formiert das Karree! Marsch! Marsch!« Und wir sind schon im Knäuel um ihn herum.

Zwei feindliche Kürassierregimenter hatten uns wahrscheinlich schon lange vom Versteck aus beschielt.

Schon setzen sie mit schmetternden Fanfaren an – da kommen die rettenden Engel.

Der erste rettende Engel (der auch als tüchtiger Reitergeneral geschielt hatte; mag es vielleicht der Künste schwerste sein, große Reitermassen im Gefecht richtig zu führen) war ein kleiner dicker preußischer General, der wie ein Gummiball heranprescht. Sein Säbel, den er wie eine Schleuder über sich schwingt, blitzt; sein gutgefärbtes rotes Wrangelbärtchen leuchtet wie zwei spitze Flämmchen. Ihm hinterher – die beiden nächsten Engel – in weiter Entfernung voneinander in derselben Linie: ein Dragoner- und ein Ulanenoberst. Beide, mit breiter Auslage nach vorn, liegen auf den Hälsen ihrer Gäule. Und nun viele hundert Engel: eine Kavalleriebrigade, zusammengekeilt, wie der Donnerwind. Ratatata!

Der kleine dicke preußische General haut sich schon mit den feindlichen herum. Dann gab's einen Krach (zwei Lokomotiven in voller Fahrt brechen nicht so ineinander), und dann war's, als wenn sich tausend Ringel einer ungeheueren Schlange im Kreise drehen. Bald aber verhüllte der Staub alles . . .

He . . . he . . . Ja, was denn . . . was ist das . . . Mein Gott, ja . . . Ein einzelner feindlicher Kürassier rast auf uns ein. Sein Geschrei ist Gebrüll . . . Es ist der Antichrist . . . fünfzig, dreißig, zehn Schritte . . . bei uns . . . Kein Gewehr gegen ihn von uns hebt sich. Wir sind im Bann . . . Jetzt . . . Jetzt . . . Die Nüstern seines Rappens sprühen Feuer . . . Jetzt . . . und er haut mit einem Hieb, als holt' er aus den Sternen aus zur Erde . . . Er hat einen Füsilier in der Mitte des ersten Gliedes getroffen; er hat ihm den Helm, den Kopf, den Hals bis auf den Wirbel gespalten . . . Nun erst erwachen wir . . . Cziczan ist der erste . . . Zwanzig, dreißig Läufe heben sich, und Roß und Reiter stürzen wie ein schlecht geratener Pudding in sich zusammen . . .

Einige sprangen auf und schnallten dem tapferen Reiter den Pallasch los. An der Innenseite der Koppel steht: Kürassier Teufel, 1. Eskadron Regiment Graf S.

Die feindlichen Kürassiere sind geschlagen. Es hinkt und humpelt von der Reiterwalstatt zu uns her. Wir gehen ihnen entgegen, unterstützen sie, nehmen sie auf. Ah, sieh da, auch mein Freund Karl, der schmucke Ulanenoffizier . . .

In der Garnison wird er von uns Kameraden Leutnant Schneiderschreck genannt, weil er es fertig gebracht haben soll, einen nicht gutsitzenden Rock achtzehnmal nach Berlin zurückzusenden, bis er saß. Er hat einundzwanzig Bürsten, Bürstchen und Bürstelchen, und liebt es sehr, sie an seinem Lockenkopf in Bewegung zu setzen . . . Da kommt er nun her, etwas kläglich. Ulanka und Hosen sind durchaus in Fetzen; die Tschapka ist gleich zum Teufel gegangen. Er hat (ein Reitergefecht ist nicht so gefährlich, wie es aussieht) nur flache Hiebe erhalten . . . Ich gehe ihm entgegen. Er blinzelt mich an. »Ein verfluchter Schweinhund hat mir mein Lorgnon von der Nase in den Dreck geworfen,« ist sein erstes Wort. »Aber du hast doch deine Nase selbst noch.« Wir lachen; aber, weiß es Gott, es ist keine Zeit zum Lachen.

Ich liebe den guten Jungen sehr. Trotz seiner einundzwanzig Bürsten, Bürstchen und Bürstelchen hat er ein Goldherz; und frisch und klar sprudelt ihm Wort und Tat, und ohne Falsch.

Rechts auf seinen Säbel gestützt, links von einem Ulanen geführt, nähert sich uns vom Attackenfeld der Rittmeister Graf Glashand (heute: Graf Stahlfaust). Er ist schon ernstlicher zugerichtet als mein Freund Karl. Unausstehlich unangenehm ist er mir von jeher gewesen. Er gehört zu den sogenannten »Hochkirchlichen«. Ohne je eine innere Bewegung zu fühlen, ohne Verständnis und Herz für alles Leben, ist sein Urteil über seine Mitmenschen hart und streng und kalt. In seiner Haartracht und dessen Bearbeitung ist er ein Quäker im Gegensatz zu meinem Freunde Karl. Ich glaube, er stellt seinen Generalsuperintendenten höher als seinen kleinen dicken Brigadegeneral, der, mit verbundenem Nacken, aus einer Protze, die von einem Beutepferd gezogen wird (ein Schlachtfeld sieht schon nach einer Stunde wie ein buntest verstreuter Weihnachtstisch aus), uns entgegenfährt. Ich eile stürmisch vor, um den mir bekannten und von mir außerordentlich verehrten General zu begrüßen.

»Herr General erlauben mir meinen und unser aller Dank aussprechen zu dürfen für die wundervolle Rettungsattacke.«

»Äh, was,« antwortet der Gummiball, der aber in diesem Augenblick recht fest auf dem Protzkasten klebt, »äh, was,« und er dreht sich das eine Flämmchen seines Wrangelbärtchens in die Höhe, »heit hat jeder seine Schuldigkeit getan . . . Diese unverschämten Limmel scheinen keinen preißschen Jeneral zu kennen . . . Hau ich mich da, was das Zeig hält, herum mit dem feindlichen Jeneral, schlägt mir so'n Hundsfott von Kürassier in'n Nacken, daß mir der Helm wackelt. Ich schrei den Kerl an: Kennt er denn keinen preißschen Jeneral . . . Aber der beigt sich zu mir . . .« Der kleine dicke Herr wird plötzlich ohnmächtig. Rechts zu ihm setzt sich Graf Glashand, links mein Freund Karl; und so fährt der schneidige General, dem ich mein für ihn entzücktes Herz mitgebe, inmitten von Pharisäer und Weltkind, auf den Verbandsplatz.

Grade bringt ein Adjutant auf einem Husarenpferde, dessen Schabracke nach der einen Seite hängt, dem Hauptmann den Befehl. daß die Kompagnie halten und, indem er auf eine Mulde zeigt, sich mit dem Regiment vereinigen soll – als eine letzte, weit herkommende, matte Kugel dem alten Cziczan ins Herz schlägt; sie hat just noch so viel Kraft, daß sie ihn auf der Stelle tötet. Und Cziczan ist den Heldentod gestorben. Wir haben keine Zeit, ihn zu begraben. Morgen früh kommt er mit den übrigen (schichtweise werden sie gelegt) ins Massengrab. Ich schiebe ihm unter den Rock, auf das dunkelblaue Fleckchen, wo die Kugel eingedrungen ist, seinen Waldersee. Vorher hab' ich eine neben mir stehende Taglichtnelke gepflückt (die weiße Blume war allerliebst mit roten Bluttüpfelchen gesprenkelt), und lege sie auf die Stelle:

Mit kühner Todesverachtung stürze der Soldat sich dem Feind entgegen, und erreicht ihn eine feindliche Kugel, so falle er mit dem erhebenden Bewußtsein, daß es kein schöneres Ende für ihn gibt, als ein ruhmvoller Tod für König und Vaterland. –

Und Bataillon auf Bataillon, noch frisch, marschiert bei uns vorüber nach vorn; Verfolgungsbatterien rasseln in die Ferne. Wir aber ziehen uns der Mulde zu, um uns dort mit dem Regiment zu vereinigen.

Welch ein Wiedersehen! Welches Wiederfinden! Welches schmerzvolle Vermissen!

Die alten, heiligen Fahnen meines Regiments hat die Siegesgöttin geküßt. Auf ihren Lorbeerhainen hat sie uns Kränze gebracht. Den Verwundeten fächeln ihre Flügel Kühlung, den Gefallenen zeigt sie mit goldener Hand lächelnd Walhalla.

Kein schönrer Tod ist in der Welt,
Als wer vorm Feind erschlagen,
Auf grüner Heid', im freien Feld,
Darf nicht hör'n groß Wehklagen.

Im engen Bett nur ein'r allein
Muß an den Todesreihen:
Hier findet er Gesellschaft fein,
Fall'n mit wie Kräuter im Maien.

Und die Nacht sinkt. Tod und Schlaf, die Brüder, sind bald nicht auseinander zu kennen; so ruht's auf dem Schlachtfelde.

Wir Offiziere sitzen um ein Feuer. Und einer nach dem andern von uns schließt auf der Stelle, wo er sitzt, liegt, die Augen. Mein treuer

Bursche hat irgendwo eine Pferdedecke für mich erobert; er wickelt mich sorgfältig hinein wie ein Kind.

Noch hör' ich, wie mein in den Kreis tretender Hauptmann sagt: »Der König ist bei der Armee eingetroffen, und mein letztes Wort ist, ehe ich in festen, traumlosen Schlaf falle:

»Der König! Der König!«